· 芬兰国宝级童书作家 ·

皮尔科-莉萨·苏若杰金代表作

根地精的最后之旅

Maahisen viimeinen matka

[芬兰] 皮尔科-莉萨·苏若杰金 文/图

李颖 译

中国出版集团

东方出版中心

在森林的深处，披着苔藓的松树伸展着枝干，这里就是根地精的家。他们生活在地下，生活在树根的空穴里。

一天晚上，根地精们都聚集在家族最年长的精灵身边。他有事情要宣布。

"我已经活了很久啦，"他起了个头，"我教了你们很多东西，现在，没有我，你们也可以生存了。"他热切地看着身边一双双闪亮的眼睛，"所以我准备去旅行了……"

"去旅行？"小精灵们都很好奇。

"去哪儿？"

"什么时候？"

老根地精温和地笑了。

"很快。"

根地精们骚动起来。他们想问更多的问题，但是老根地精继续平静地说：

"你们一定要记住我的话，要和睦相处，用心对待我们的森林。记得别让幼嫩的小芽躺在阴暗的地方，一定要帮助它们，给它们空间生长。"说完这句，老根地精沉默了。大家都静静地坐着，等着。

天上又升起了新的星星。不久，大家发现老人没什么想继续说的了。一个接一个，精灵们穿过树根，回到地下，回到自己温暖的窝里去了。

第二天一大早，其他精灵还在睡觉，老根地精就离开了。有一种直觉指引着他，那是从几千年前的根地精那儿继承而来的。夏天的记忆被风吹得很远，熟悉的松树和岩石渐渐落在身后。老根地精嗅了嗅空气，已经有冬天的味道了。他慢慢地穿过树林，停在一棵巨大的松树脚下。树冠是棕色的，针叶稀疏。松针覆盖着树根。他把耳朵贴在树干上，可什么也听不到。

“亲爱的朋友，发生了什么？”他轻轻地问。

树的血管里树液不再流淌，它的灵魂已经飞走了。但是树根那儿还有松树的小苗，努力向着有阳光的地方伸展。老根地精略微高兴起来。

“你还是有精气神的。”他很满意地肯定着，跟松树告别，向大山的方向走去。

老根地精周围的一切看起来都很陌生。他从身边看过去，看见森林边上有一只狼。

狼一路跟着老根地精。他没有走近，只是用闪闪发光的眼睛看着。

天色渐暗，老根地精到了山窝里一个水塘边。

"你看上去太孤独了。"老根地精对小水塘说。

　　"我今天给你做个伴儿，就在你身边睡一夜。"

　　这时，月亮从山后升了起来，根地精在水塘漆黑的水面上看到自己的样子。他着迷了一般盯着自己的倒影。虽然他已经活了这么久，但是他从没看见过自己的脸。狼的影子印在山石的脊背上，但是根地精并不害怕。温柔的月光下，他躺在水塘边上，内心感到深深的平静。微微的困意钻进他的身体，他渐渐睡着了。

梦里，老根地精离这个森林的水塘很远很远，与其他根地精在一起，在自己的家，那片老树根那儿。

"醒醒！"

梦被打断了。老根地精睁开自己的眼睛。一切都是白色的。他惊奇地看向水塘上自己的倒影，但是水塘已经不见了。

"你长得好弱小。"有个声音传过来，每一个字都让大地颤一下。根地精的眼前出现了一只庞然大物，每一次呼吸，它的鼻孔都飘出一阵雾气。

"我的小水塘呢？"根地精喊道。眼前站着的这只麋鹿，和神秘消失的水塘，他不知道哪一个更让人惊讶。

"你的水塘还在，就在雪下面。你看不到自己的倒影了，因为水面都结冰了。冬天已经来了，我的朋友。"

"已经来了！那我得快一点儿了，我的旅途才刚刚开始。"

"我就是为这个来的，来帮你去你要去的地方。坐到我的角上来，我们出发吧。"

他们刚刚出发，就又开始下雪了。

"你看现在，如果我不帮你，你就会一头栽到雪地里去了。"麋鹿说道。

根地精满意地点点头，随着麋鹿的脚步一摇一晃。

"很久以来，都是我们麋鹿把你们接送到目的地，我们总是这么做。"麋鹿继续说，根地精只是听着。他有时候向森林的边缘瞥几眼，但是再也看不到狼了。不久，这事儿对根地精来说就不重要了，他完全忘了狼这回事儿。接着，麋鹿停了下来。

"我们到了。"他一边说，一边弯下背，让鹿角着地。根地精小心地滑到一块石头上。

"你已经到达目的地了。"麋鹿说完，转头离开了。他们俩的目光再一次相遇后，麋鹿消失在白雪茫茫的森林里。根地精坐在石头上。整个旅途中，这还是他第一次觉得自己不太确定。他尝试倾听内心的声音，但是他的直觉都消失了。他感觉身体异常沉重，一点力气都没有，完全走不动。不能回去了，他也不想回去。

　　"现在，我在这儿要做什么呢？"他问道，但却找不到答案。这时，昏暗的森林里出现了一片光亮，根地精面前出现了一个小小的有翅膀的生命。

　　"我是光神的光线天使。"他说着，飞到根地精的手掌上坐下。"我来带你去我们自己的国度。"

　　光线天使轻柔的声音特别美。根地精忘了自己的怀疑和害怕。周围的一切都消失了，都失去了意义。只有光线天使的声音是重要的。根地精希望，这声音永远不会消逝。这时，无数的光包围着根地精。他们微笑着，转着圈，旋转成了一条闪亮的大道。光线天使明亮的光轻轻地挠着根地精的脸，邀请他一起同行。

这时，老根地精终于明白了这次旅程的目的。他必须沿着闪亮的大道抵达光神的国度。在那儿，他也会变成光，成为那么多光中的一分子。

图书在版编目（ＣＩＰ）数据

根地精的最后之旅 / (芬) 皮尔科–莉萨·苏若杰金
著/绘；李颖译. — 上海：东方出版中心, 2019.4
（芬兰儿童文学经典）
ISBN 978–7–5473–1437–1

Ⅰ. ①根… Ⅱ. ①皮… ②李… Ⅲ. ①儿童故事 – 图
画故事 – 芬兰 – 现代 Ⅳ. ①I531.85

中国版本图书馆CIP数据核字(2019)第043592号

上海市版权局著作权合同登记：图字 09–2019–194

F I L I FINNISH
LITERATURE
EXCHANGE

责任编辑：江彦懿　刘　鑫
书籍设计：瑞芮文化

根地精的最后之旅
———————————————————————
出版发行：东方出版中心
地　　址：上海市仙霞路 345 号
电　　话：(021)62417400
邮政编码：200336
经　　销：全国新华书店
印　　刷：上海盛通时代印刷有限公司
开　　本：890mm×1240mm 1/16
印　　张：2
版　　次：2019 年 4 月第 1 版第 1 次印刷
ISBN 978–7–5473–1437–1
定　　价：35.00 元
———————————————————————